—

# Tina la alta

ISBN 0-7696-4091-5

50395

EAN

9 780769 640914

School Specialty
**Children's Publishing**

Para cualquier información dirigirse a:
8720 Orion Place
Columbus, OH 43240-2111

ISBN 0-7696-4091-5

1 2 3 4 5 6 7 8 9 10 EVN 10 09 08 07 06 05 04

# Tina la alta

de Jillian Powell
ilustraciones de Tim Archbold

GINGHAM DOG PRESS

Columbus, Ohio

Tina era alta.

Cada día era más y más alta.

Era más alta que todos sus amigos de la escuela.

En efecto, era la niña más alta de todo el grado.

A Tina no le entraba la ropa.
Era demasiado alta para ella.

Tina no cabía en la cama.

Era demasiado alta para ella.

Tina no cabía en la bañera.
Era demasiado alta para ella.

A Tina le gustaba Benito, un niño de su clase. Era demasiado alta para él.

15

Tina era demasiado alta para ser bailarina, y eso era lo que más quería.

A Tina no le gustaba ser alta.

Quería ser baja como María, su mejor amiga.

Un día, a la maestra de Tina se le ocurrió una idea.

Hizo que Tina fuera la capitana de todos los juegos durante el recreo.

21

Tina era buena en básquetbol.

Anotó muchos puntos para su equipo.

Tina era buena en fútbol.
Evitó que muchos goles entraran en
el arco.

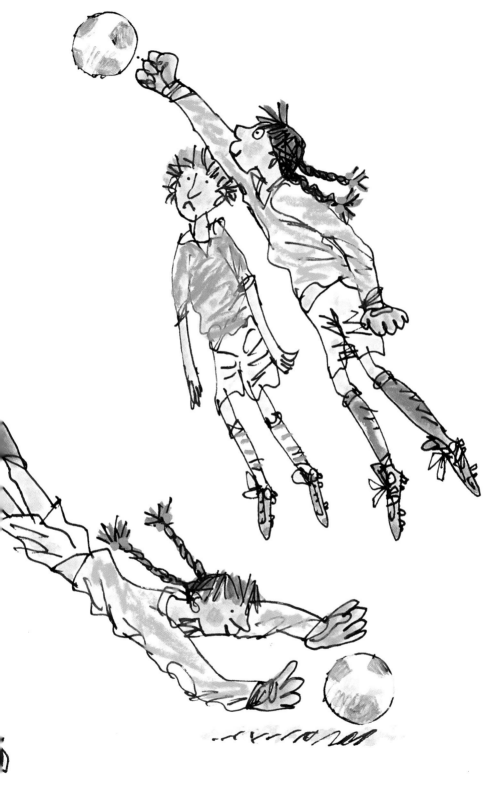

Tina era buena para correr.

Ganó todas las carreras.

27

Tina daba los saltos altos más altos.

Daba los saltos largos más largos.

Tina era buena para los deportes.
Todos la aclamaban.

Después de todo, ¡a Tina le encantó ser alta!

## Palabras por conquistar

bailarina        goles

aclamaban      arco

## ¡Piénsalo!

1. ¿Por qué no le gustaba a Tina ser alta?
2. ¿Qué era lo que más quería Tina?
3. ¿Cómo ayudó a Tina su maestra?
4. ¿Cuántos deportes practicó Tina?
5. Al final del cuento, ¿cómo cambiaron los sentimientos de Tina con respecto a ser alta?

## El cuento y tú

1. Piensa en Tina. ¿Cómo te sentirías si fueras el estudiante más alto de toda tu clase?
2. ¿Te sentiste alguna vez molesto por cómo te veías? Habla acerca de cómo te sentiste.
3. Si pudieras ser el estudiante más alto o el más bajo de tu clase, ¿cuál preferirías ser y por qué?